FATALITÀ

ADA NEGRI

© 2023 Culturea Editions

Texte et illustration de couverture : © domaine public
Edition : Culturea (Hérault, 34)
Contact : infos@culturea.fr
Retrouvez notre catalogue sur http://culturea.fr
Imprimé en Allemagne par Books on Demand
Design typographique : Derek Murphy
Layout : Reedsy (https://reedsy.com/)

Dépôt légal : janvier 2023
Tous droits réservés pour tous pays

ISBN : 9791041842742

FATALITÀ

Questa notte m'apparve al capezzale
Una bieca figura.
Ne l'occhio un lampo ed al fianco un pugnale,
Mi ghignò sulla faccia.—Ebbi paura.—
Disse: «Son la Sventura.»

«Ch'io t'abbandoni, timida fanciulla,
Non avverrà giammai.
Fra sterpi e fior, sino alla morte e al nulla,
Ti seguirò costante ovunque andrai.»
—Scostati!... singhiozzai.

Ella ferma rimase a me dappresso.
Disse: «Lassù sta scritto.
Squallido fior tu sei, fior di cipresso,
Fior di neve, di tomba e di delitto.
Lassù, lassù sta scritto.»

Sorsi gridando:—Io voglio la speranza
Che ai vent'anni riluce,
Voglio d'amor la trepida esultanza,
Voglio il bacio del genio e della luce!...
T'allontana, o funesta.—

Disse: «A chi soffre e sanguinando crea,
Sola splende la gloria.
Vol sublime il dolor scioglie all'idea,
Per chi strenuo combatte è la vittoria.»
Io le risposi:—Resta.—

SENZA NOME

Io non ho nome.—Io son la rozza figlia
Dell'umida stamberga;
Plebe triste e dannata è mia famiglia,
Ma un'indomita fiamma in me s'alberga.

Seguono i passi miei maligno un nano
E un angelo pregante.
Galoppa il mio pensier per monte e piano,
Come Mazeppa sul caval fumante.

Un enigma son io d'odio e d'amore,
Di forza e di dolcezza;
M'attira de l'abisso il tenebrore,
Mi commovo d'un bimbo alla carezza.

Quando per l'uscio de la mia soffitta
Entra sfortuna, rido;
Rido se combattuta o derelitta,
Senza conforti e senza gioie, rido.

Ma sui vecchi tremanti e affaticati,
Sui senza pane, piango;
Piango su i bimbi gracili e scarnati,
Su mille ignote sofferenze piango.

E quando il pianto dal mio cor trabocca,
Nel canto ardito e strano
Che mi freme nel petto e sulla bocca,
Tutta l'anima getto a brano a brano.

Chi l'ascolta non curo; e se codardo
Livor mi sferza o punge,
Provocando il destin passo e non guardo,
E il venefico stral non mi raggiunge.

NON MI TURBAR....

Se qualche volta i tuoi detti d'amore,
Assorta, io non ascolto,
E m'ardon gli occhi, e insolito pallore
M'imbianca il labbro e il volto;

Se, di tutto dimentica, reclino
La bruna testa, e penso,
Non mi turbar—dinanzi a me, divino,
Si schiude un mondo immenso.

Da le nubi squarciate io vedo il sole
Cinger, nudo e ridente,
Il suol ricco di mirti e di viole
In abbraccio possente;

E dai fieni falciati, e da le messi
Mareggianti all'aperto,
Da le chiome de l'elci e dei cipressi,
Da l'arido deserto,

Dai grandi boschi urlanti al vento iroso
Con grido appassionato,
Dal fremito d'amor voluttuoso
Che ravviva il creato,

Sento, sento salir coi voli erranti
D'aligere sperdute
Soffi larghi, novelli e trionfanti
Di forza e di salute.

E non più sangue, non più sangue allaga
La dolorosa terra,
Non più, feroce ed inflessibil maga,
Spiana il fucil la guerra;

Ma tutto il mondo è patria e tutti un santo
Entusiasmo avviva,
E di pace solenne e mite un canto
Vola di riva in riva.

Non più il pazzo furor de la mitraglia
Eruttano i cannoni,
Non più volan fra mezzo a la battaglia
Le belliche canzoni;

Fuma il vapor; rompe l'aratro il cuore
A le zolle feraci,
Rimbomba de le macchine il fragore,
Rosseggian le fornaci;

E sul ruggito leonino e rude
De la terra in fermento
Libertà le sue bianche ali dischiude
Fiera squillando al vento.

VA L'ONDA....

Fra l'alte rive, irrefrenata e cieca,
Va l'onda, e piange.—Il plumbeo cielo ascolta.
Non ha sorrisi la quieta vôlta.
Non l'aura un soffio ne la notte bieca.

Va l'onda, e piange. E nel suo grembo porta
E via trascina con mestizia greve
Il giovin corpo inanimato e lieve
D'una leggiadra suicida smorta.

Va l'onda, e piange.—In quel lamento accolto
È l'eco d'un mister torbido e strano;
Da quel pianto s'eleva il grido umano
D'un disperato amor vinto e travolto.

BIRICHINO DI STRADA

Quando lo vedo per la via fangosa
Passar sucido e bello,
Colla giacchetta tutta in un brandello,
Le scarpe rotte e l'aria capricciosa;

Quando il vedo fra i carri o sul selciato
Coi calzoncini a brani,
Gettare i sassi nelle gambe ai cani,
Già ladro, già corrotto e già sfrontato;

Quando lo vedo ridere e saltare,
Povero fior di spina,
E penso che sua madre è all'officina,
Vuoto il tugurio e il padre al cellulare,

Un'angoscia per lui dentro mi serra;
E dico: «Che farai,
Tu che stracciato ed ignorante vai
Senz'appoggio nè guida sulla terra?...

De la capanna garrulo usignuolo,
Che sarai fra vent'anni?
Vile e perverso spacciator d'inganni,
Operaio solerte, o borsaiuolo?

L'onesta blusa avrai del manovale,
O quella del forzato?
Ti rivedrò bracciante o condannato,
Sul lavoro, in prigione, o all'ospedale?...»

.... Ed ecco, vorrei scender nella via
E stringerlo sul core,
In un supremo abbraccio di dolore,
Di pietà, di tristezza e d'agonia:

Tutti i miei baci dargli in un istante
Sulla bocca e sul petto,
E singhiozzargli con fraterno affetto
Queste parole soffocate e sante:

«Anch'io vissi nel lutto e nelle pene.
Anch'io son fior di spina;
E l'ebbi anch'io la madre all'officina,
E anch'io seppi il dolor.... ti voglio bene.»

SON GELOSA DI TE!...

Ti vidi un giorno—e di sospetto un palpito
M'arse la solitaria alma sdegnosa,
Senza saper perchè:
Or ti conosco, e t'odio, e son gelosa,
Son gelosa di te!...

Va, sirena, e trionfa. A te di grazie
Molli e procaci ben concesse Iddio
Il fulgido tesor:
Va—sei bella e fatal come il desìo,
Bianca fanciulla da le trecce d'ôr!...

Perchè venisti? Di repente al fascino
Di tua fiorente giovinezza audace
Fuggì mia speme a vol;
E il mio splendido sogno infranto giace,
L'ali spezzate, al suol.

Se tu sapessi come punge l'anima
L'acuta spina d'un dolor profondo,
Quando fugge l'amor....
Come par vuoto e desolato il mondo.
Quando negletto e senza meta è il cor!...

Oh, potessi scordar l'alate e rosee
Larve del sogno appassionato e stolto
De la mia gioventù;
Su le rovine de l'amor sepolto
Non ridestarmi più!

.... Va, sirena, e trionfa.—A te di gioie
Intime il riso, e la bugiarda festa
Di dolci voluttà;
Ma se cupo abbandono a me sol resta,
L'ira del fato su te pur cadrà.

Quando, solinga, cercherai fra i ruderi
Muti e dispersi de l'amor languente
L'ebbrezza che svanì,
Quando, fra i geli, invocherai l'ardente
Felicità d'un dì,

Ritta e proterva mi vedrai risorgere
Come vindice larva a te dinante,
Lieta del tuo dolor;
E riderò su le tue gioie infrante,
Bianca fanciulla da le trecce d'ôr:

Poichè, superba di tue molli grazie,
Tu calpestasti il sogno mio di rosa
Sotto l'audace piè,
T'odio, balda sirena, e son gelosa,
Son gelosa di te!...

STORIA BREVE

Ella pareva un sogno di poeta;
Vestìa sempre di bianco, e avea nel viso
La calma d'una sfinge d'oriente.

Le cadea sino ai fianchi il crin di seta;
Trillava un canto nel suo breve riso,
Era di statua il bel corpo indolente.

Amò—non riamata. In fondo al core,

Tranquilla in fronte, custodì la ria
Fiamma di quell'amor senza parole.

Ma quel desìo la consumò—ne l'ore
D'un crepuscol d'ottobre ella morìa,
Come verbena quando manca il sole.

AUTOPSIA

Magro dottore, che con occhi intenti
Per cruda, intensa brama,
Le nude carni mie tagli e tormenti
Con fredda, acuta lama,

Odi. Sai tu chi fui?... Del tuo pugnale
Sfido il morso spietato;
Qui ne l'orrida stanza sepolcrale
Ti narro il mio passato.

Sui sassi de le vie crebbi. Non mai
Ebbi casa o parenti;
Scalza, discinta e senza nome errai
Dietro le nubi e i venti.

Seppi le notti insonni e l'inquïeto
Pensier della dimane,
L'inutil prece e il disperar segreto,
E i giorni senza pane.

Tutte conobbi l'improbe fatiche
E le miserie oscure,
Passai fra genti squallide e nemiche,
Fra lagrime e paure;

E finalmente un dì, sovra un giaciglio
Nitido d'ospedale,
Un negro augello dal ricurvo artiglio
Su me raccolse l'ale.

E son morta così, capisci, sola,
Come un cane perduto,
Così son morta senza udir parola
Di speme o di saluto!...

Come lucida e nera e come folta,
La mia chioma fluente!...
Senza un bacio d'amor verrà sepolta
Sotto la terra algente.

Come giovine e bianco il flessuoso
Mio corpo, e come snello!
Or lo disfiora il cupido, bramoso
Bacio del tuo coltello.

Suvvia, taglia, dilania, incidi e strazia,
Instancabile e muto.
Delle viscere mie godi, e ti sazia
Sul mio corpo venduto!...

Fruga, sinistramente sorridendo.
Che importa?... Io son letame.
Cerca nel ventre mio, cerca l'orrendo
Mistero della fame!...

Scendi col tuo pugnale insino all'ime
Viscere, e strappa il cuore.
Cercalo nel mio cor, cerca il sublime
Mistero del dolore!...

Tutta nuda così sotto il tuo sguardo,
Ancor soffro; lo sai?...
Colle immote pupille ancor ti guardo,
Nè tu mi scorderai:

Poi che sul labbro mio, quale conato
Folle di passïone,
Rauco gorgoglia un rantolo affannato
Di maledizïone.

NEVICATA

Sui campi e su le strade
Silenzïosa e lieve,
Volteggiando, la neve
Cade.

Danza la falda bianca
Ne l'amplo ciel scherzosa,
Poi sul terren si posa
Stanca.

In mille immote forme
Sui tetti e sui camini,
Sui cippi e nei giardini
Dorme.

Tutto dintorno è pace:
Chiuso in oblìo profondo,
Indifferente il mondo
Tace....

Ma ne la calma immensa
Torna ai ricordi il core,
E ad un sopito amore
Pensa.

NEBBIE

Soffro—Lontan lontano
Le nebbie sonnolente
Salgono dal tacente
Piano.

Alto gracchiando, i corvi,
Fidati all'ali nere,
Traversan le brughiere
Torvi.

Dell'aere ai morsi crudi
Gli addolorati tronchi
Offron, pregando, i bronchi
Nudi.

Come ho freddo! Son sola;
Pel grigio ciel sospinto
Un gemito d'estinto
Vola;

E mi ripete: Vieni,
È buia la vallata.
O triste, o disamata,
Vieni!...

NOTTE

Sul giardino fantastico
Profumato di rosa
La carezza dell'ombra
Posa.

Pure ha un pensiero e un palpito
La quiete suprema;
L'aria, come per brivido,
Trema.

La luttuosa tenebra
Una storia di morte
Racconta a le cardenie
Smorte?

Forse—perchè una pioggia
Di soavi rugiade

Entro i socchiusi petali
Cade.—

.... Su l'ascose miserie,
Su l'ebbrezze perdute,
Sui muti sogni e l'ansie
Mute,

Su le fugaci gioie
Che il disinganno infrange,
La notte le sue lagrime
Piange.

FIN CH'IO VIVA E PIÙ IN LÀ

Ella mi disse: «Tu non ridi mai;
Imprecan sempre i versi tuoi mordaci.
Tu il cantico non sai
Ove il gaudio folleggia e vibra al sole
La musica dei baci.

Tu non conosci la canzon febèa
Che ignuda erompe dal pagano ammanto
Come un'antica dea,
E in alto vola, nuvole spargendo
Di glicine e d'acanto.»

Ella mi disse ancora: «Ove sei nata,
Poetessa fatal del malaugurio?...
Quale perversa fata
Ti stregò ne la culla?...»—A lei risposi:
«Io nacqui in un tugurio.

Io sbocciai da la melma.—Ed attraverso
Al trionfo del sole ed ai ferventi
Inni de l'universo,
A me giunge da presso e da lontano

Un'eco di lamenti.

A me goccia sul cuore in accanita
Pioggia vermiglia il sangue degli eletti
Che gettaron la vita
Ove crollante libertà chiedea
Baluardo di petti.

Dalle case operaie ove si pigia
Una folla agitata e turbolenta,
Una pleiade grigia
Che al pan che le guadagna la fatica
Famelica s'avventa;

Da le fabbriche scure ove sbuffando
Vanno, mostri d'acciaio, le motrici,
E l'acre aër filtrando
Pei pori, il roseo sangue intisichito
Rode a le tessitrici;

Da l'umide risaie attossicate,
Dai campi e da sterili radure,
Da le case murate
Ove in nome di Dio s'immolan tante
Inerti creature,

A me giunge, a me giunge il pianto alterno
Che mi persegue e che cessar non vuole,
Lugùbre, sempiterno,
Vipistrello che al buio sbatte l'ali,
Nube che offusca il sole!

Fuggon dinanzi a me gioia e bellezza,
Fugge la luce a novo dì ridesta.
La temeraria ebbrezza
Fugge d'amore e l'estasi del bacio....
Solo il dolor mi resta!...

Ma è dolor che non cede e non s'inclina,
È il dolor che pugnando a Dio s'innalza;
È la virtù divina
Che Promèteo sostenne incatenato
Su la selvaggia balza.

E tetro vola il canto mio sonante
Sopra l'intenta folla impallidita,
Come cala gigante
Su la ghiacciaia ove s'indura il gelo
Un'aquila ferita.»

SULLA BRECCIA

Passan, compatti, tragici, severi,
Colla testa scoperta.
La cassa dell'estinto è ricoperta
Di lunghi veli fluttuanti e neri.

Un pensoso dolor fra ruga e ruga
Su le fronti s'incide.
Su loro invan da l'alto il ciel sorride;
Sgorga tacito il pianto, e niun l'asciuga.

Fra le travi inchiodate egli riposa,
Rattratto e sfracellato.
Lavorava sul tetto; e s'è spaccato,
Cadendo, il capo su la via sassosa.

Pieno di speme e di gagliarda vita,
Bello come un Titano,
Cadde.—Or la fredda e raggrinzata mano
Stringe il cor d'una vedova sfinita;

E via lo porta nei recessi austeri
Del sonno e dell'oblio.—
Sotto il dito terribile d'un Dio
Passan, compatti, tragici, severi;

E pensano.—O destin!... Com'egli è morto
Forse anch'essi morranno.
Il bracciante è soldato; essi lo sanno.—
Gonfiasi il petto, e il volto si fa smorto.

Erculei sono e coraggiosi, ed hanno

Ai lor sogni una meta,
Una famiglia e una casetta lieta,
E forse, sul lavor, doman cadranno

Da un tetto, nel fragor d'un opificio,
Sotto un crollo di vôlta;
Ma il grido di chi muor nessuno ascolta,
Niun comprende il supremo sacrificio.

Sorgono i vivi al posto degli estinti:
Sul lutto è la speranza:
Sconfinato è l'esercito che avanza,
Serenamente calpestando i vinti:

E come corron su le fosse mute
I bambini festanti,
Vanno le turbe, ignare e rimugghianti,
Sui resti de le vittime cadute.—

BUON DÌ, MISERIA

A Sofia Bisi Albini.
Chi batte alla mia porta?...
... Buon dì, Miseria; non mi fai paura.
Fredda come una morta
Entra: io t'accolgo rigida e secura.
Spettro sdentato da le scarne braccia,
Guarda!... ti rido in faccia.

Non basta ancor?... T'avanza,
T'avanza dunque, o spettro maledetto.
Strappami la speranza,
Scava coll'ugne adunche entro il mio petto;
Stendi l'ala sul letto di dolore
Di mia madre che muore.

T'accanisci: che vale?
È mia la giovinezza, è mia la vita!

Nella pugna fatale
Non mi vedrai, non mi vedrai sfinita.
Su le sparse rovine e su gli affanni
Brillano i miei vent'anni.

Tu non mi toglierai
Questa che m'arde in cor forza divina,
Tu non m'arresterai
Ne l'irruente vol che mi trascina.
Impotente è il tuo rostro.—O tetra Iddia,
Io seguo la mia via.

Vedi laggiù nel mondo
Quanta luce di sole e quante rose,
Senti pel ciel giocondo
I trilli de le allodole festose:
Che sfolgorìo di fedi e d'ideali,
Quanto fremito d'ali!...

Vecchia megera esangue
Che ti nascondi nel cappuccio nero,
Io nelle vene ho sangue,
Sangue di popolana ardente e fiero.
Vive angosce calpesto, e pianti, ed ire,
E movo all'avvenire.

Voglio il lavor che indìa,
E con nobile imper tutto governa.
Il sogno e l'armonia,
D'arte la giovinezza sempiterna;
Riso d'azzurro e balsami di fiori,
Astri, baci e splendori.

Tu passa, o maga nera,
Passa come funesta ombra sul sole.
Tutto risorge e spera,
E sorridon fra i dumi le vïole:
Ed io, dai lacci tuoi balzando ardita,
Canto l'inno alla vita!....

VEGLIARDO

.... *in chiesa.*—
Prega—sei solo.—Il tardo
Passo qual triste idea qui t'ha guidato,
O pallido vegliardo?
Forse ti parla ne la chiesa oscura
Quel Dio che ti fe' grande e sventurato,
Quel tremendo Signor che t'impaura?...

Passan ne la tua mente
Le rimembranze de l'età fuggita,
Passan, gelidamente:
Ed il tetro squallor del tempo antico
E il calvario crudel de la tua vita,
La tua vita di servo e di mendico.

Prega. Sfiorîr cogli anni
Di tua lontana gioventù solinga
Voti, speranze, inganni.
E pur fidavi—e ti cantava in core,
E ti spronava sulla via raminga
Il fresco inno gentil d'un primo amore.

Per quel nemico, acerbo
Destin che sotto un giogo empio curvava
Il capo tuo superbo;
Per la tua mesta gioventù schernita,
Pe' tuoi laceri panni ella t'amava,
E l'orme seguitò de la tua vita....

Era bionda e sottile,
E come raggio le parlava in fronte
Il cor grande e gentile.
Con te divise degli affanni il pondo,
De la tua povertà gli strazi e l'onte,
E la sprezzante carità del mondo;

Poi.... s'addormì. L'assorta
Dolce pupilla al bacio tuo chiudea,

Piccola fata smorta.
Ove fuggiva?... In qual plaga profonda,
In qual lembo di ciel si nascondea
La tua boema innamorata e bionda?...

.... Prega—sei solo.—Il tardo
Passo ben triste idea qui t'ha guidato,
O tremulo vegliardo!
Forse ti parla ne la chiesa oscura
Quel tremendo Signor che pur t'ha dato
Il sorriso di lei ne la sventura?...

Svanîr calma e tempesta;
Ormai la tua giornata è giunta a sera,
Nulla quaggiù ti resta.
Su te mendico, servo e dispregiato,
Senza posa gravò la sferza fiera
D'un avverso destin.... ma fosti amato!...

IL CANTO DELLA ZAPPA

Ruvida spada io son che il terren fende;
Son forza ed ignoranza.
In me stride la fame e il sol s'accende;
Son miseria e speranza.

Io conosco la sferza arroventata
Dei meriggi brucianti,
Dell'uragan che scroscia a la vallata
Le nubi saettanti.

Io so gli olezzi liberi e feraci
Che maggio da la terra
Con aulenti corolle, insetti e baci
Trionfando disserra:

E nell'opra d'ogni ora e d'ogni istante
Io più m'affilo e splendo;
Rassegnata, fortissima, costante,

Vo il duro suol rompendo.

Ne le basse casupole sconnesse,
Nel rozzo cascinale
Ove penètra per le imposte fesse
La ràffica invernale,

Ove del foco sul tizzon che geme
L'ignavia s'accovaccia,
E la pellagra insazïata freme
Gialla e sparuta in faccia,

Entro e guardo.—E in un canto abbandonata,
Ne l'alta e paurosa
Notte che incombe a l'umida spianata
E a la stanza fumosa,

Mentre la febbre di risaia scote
Feminei corpi affranti,
E più non s'odon che le torve note
Dei villici russanti,

Veglio, ed un soffio di desir m'infiamma.
.... Sogno la nova aurora,
Quando, dritta qual rustico orifiamma
Nel sol che l'aure indora,

Serenamente splendida, brandita
Da un'inspirata plebe,
Sorgerò, bella di vigor, di vita,
Da le feconde glebe.

Ma le lame saran pure di sangue,
E bianchi gli stendardi;
Conculcato morrà de l'odio l'angue
Sotto i colpi gagliardi;

E dalla terra satura d'amore,
Olezzante di rose.
Purificata dal novello ardore
De le gare animose,

Fino a l'azzurro ciel tutto un tumulto
Di rozze voci umane

Salirà come un inno ed un singulto:
«Pace!... lavoro!... pane!....»

I VINTI

Sono cento, son mille, son milioni.
Son orde sconfinate.
Sommesso rombo di lontani tuoni
Han le file serrate.

S'avanzan sotto il rigido rovaio
Con passo uguale e tardo.
Nuda è la testa, l'abito è di saio,
Febbricitante il guardo.

Essi cercano me.—Tutti son giunti.—
Fluttuando com'onda
Di grigie forme e di volti consunti,
La turba mi circonda.

Mi pigia, mi nasconde, m'imprigiona;
Sento i rôchi respiri,
Il lungo pianto che nel buio suona,
Le bestemmie, i sospiri.

«Noi veniam dalle case senza fuoco,
Dai letti senza pace,
Ove il corpo domato a poco a poco
Piega, s'arrende, giace.

Veniam dagli angiporti e dalle tane,
Veniam dai nascondigli,
E gettiam su la terra un'ombra immane
Di lutto e di perigli.

Noi lo cercammo un ideal di fede,
Ed esso ci ha traditi.
Noi cercammo l'amor che spera e crede,

Ed esso ci ha traditi.

Noi l'oprar che rigenera e rafforza
Cercammo, e ci ha respinti.
Ov'è dunque la speme?... Ove la forza?...
Pietà!... Noi siamo i vinti.

.... Sopra e d'attorno a noi, del sol raggiante
Ne la gran luce d'oro,
Scoppia e trasvola il vasto inno festante
Del bacio e del lavoro:

Ferreo serpe, il vapor passa e rimbomba
Sotto montana vôlta,
Chiama l'industria con guerriera tromba
Menti e braccia a raccolta:

Mille bocche si cercan desïose
Innamoratamente,
Mille vite si lancian generose
Nella fornace ardente;

E inutili siam noi!..—Chi ci ha gettato
Su la matrigna terra?...
Il sospiro del cor chi ci ha negato?
Chi ne opprime e ne atterra?...

Qual odio pesa su di noi?... Qual mano
Ignota ci ha respinti?...
Perchè il cieco destin ci grida: Invano?...
Pietà!... Noi siamo i vinti.»

MANO NELL'INGRANAGGIO

Rôtan le cinghie, stridono le macchine;
Indefessi ne l'opre, allegri canti
Vociano i lavoranti.

Ma un dissennato grido a un tratto levasi;
E pare lacerante urlo di belva
Ferita in una selva.

Fra i denti acuti un ingranaggio portasi
—Povera donna bionda e mutilata!...—
Una mano troncata.

... Rôtan le cinghie, stridono le macchine;
Ma le ruvide voci i lavoranti
Più non sciolgono ai canti.

Stillan, confuse col sudor, le lacrime;
Da lontano rombando, la motrice
Cupe leggende dice.

E senza tregua appare agli occhi torbidi
—Povera donna bionda e mutilata!...—
Quella mano troncata.

LA MACCHINA ROMBA

La macchina romba.—S'eleva ruggendo
Il vasto solenne rumor,
Qual forte avoltoio che, l'aure fendendo,
Si slancia a le nuvole d'ôr.

La macchina romba.—Son gli urli selvaggi
Di chi fra i suoi denti spirò:

Di chi stritolata fra gl'irti ingranaggi
La giovine vita lasciò.

Di cinghie, d'acciaio, di morse, di foco,
Di spire temuto signor,
Il mostro sbuffante nel vigile loco
Si nutre d'immenso clamor:

Folleggia, sghignazza, divampa, s'allenta,
Stridendo si frena e ristà:
Poi torna all'assalto, si snoda, ed avventa
Nel cielo il fatidico hurrà.

«Avanti, campioni de l'opre venture,
Scendete nel nobile agon:
Di sega, di zappa, di picca, di scure
Vi chiami l'onesta tenzon.

Bollenti di vita le turgide vene,
Baciati nel viso dal sol,
Spiranti l'ambrosia de l'aure serene,
Nudriti da fertile suol,

Osate, o campioni di novi ardimenti,
V'aspetta la libera età....»
.... La macchina romba: nel cielo, fra i venti
Si slancia il fatidico hurrà.

POPOLANA

Giran le spole, il fil s'attorce, io canto:
Ho diciott'anni in core,
Due begli occhi, un telaio ed un amore,
Vesto d'indiana e non conosco il pianto.

S'io snodo e sciolgo la mia treccia rossa
Ove un raggio sfavilla,
Nel guardo a chi m'affisa una scintilla
S'accende, e in petto elettrica una scossa!

Ma passo noncurante, e rido in viso
Ai tentator loquaci;
Serbo per l'amor mio tutti i miei baci,
E il mondo venderei pel suo sorriso.

Io l'amo;—egli è il signor della fucina,
Egli è il re del martello:
Alto, robusto, nerboruto e bello,
A lui dappresso sembro una bambina.

Quand'egli batte il ferro arroventato
Dinanzi alla fornace,
E sul volto ha i riflessi della brace,
E s'inturgida il collo denudato,

Io m'esalto per lui tutta d'orgoglio,
E per lui tutto oblìo;
Il mio demone egli è come il mio Dio,
E per me sola, per me sola il voglio!....

E s'io l'attendo ne la mia soffitta,
E l'ora è già trascorsa,
Mi si strozza il respir dentro una morsa,
E mi sento qui al sen come una fitta:

Ma un passo già risuona sulle scale....
Già l'uscio si spalanca....
La mano trema e il labbro mi s'imbianca,
Ma per corrergli incontro ai piedi ho l'ale....

Nero di polve e splendido d'amore,
Affranto e sorridente,
Ecco, ei m'avvolge in una stretta ardente,
E sento sul mio cor battergli il core.

FIOR DI PLEBE

Tu la vedesti mai?... Sembra di rame
La sua pelle morata.
È una dea che ha per letto il nudo strame,
Una dea folleggiante ed abbronzata.

Sorride sempre ed ha sì bianchi i denti,
E il labbro sì vermiglio,
Che ti provoca ai baci.—In cor tu senti
L'alta malìa del luminoso ciglio;

E un turbamento che spiegar non sai
Le tue viscere afferra.
Ma d'esser bella ella non seppe mai,
E non ama che me sopra la terra!...

.... Tutte le sere, sola, essa m'attende
Su quel canto di via.
Quando mi vede, l'occhio suo s'accende,
La sua voce diventa melodìa;

Ed all'orecchio mi bisbiglia cento
Folli e semplici cose.—
Il batter lesto del suo core io sento,
L'alito de le labbra desïose;

E sento che benchè ricco soltanto
Io sia d'un saldo braccio.
Ella sarà felice a me daccanto,
Niuno la strapperà da questo abbraccio!...

.... Sai?... Le dissero un dì ch'io la tradìa;
E le dissero il nome
Da la nemica.—Tacita s'avvia.
Anelante il respir, sfatte le chiome;

La vede, la minaccia, s'accapiglia.
La sfregia con un morso;
Come indòmo cavallo che si sbriglia.
Tutta la rabbia sua disfrena il corso.

.... Io ritorno alla sera.—A me s'avvince
Ella, tutta tremante;
E colla voce che ogni sdegno vince,
Col grand'occhio bagnato e supplicante,

Scomposta, paurosa, scarmigliata,
Bellissima d'amore,
Umil come una schiava appassionata,
Ammalïante come schiuso fiore,

«Perdonami,» susurra,—e colla mano
Carezzando mi viene—
«Non disamarmi, non fuggir lontano....
Mi vendicai perchè ti voglio bene.»

BACIO PAGANO

Fra l'auree spiche, in faccia al rutilante
Sole che tutta incendia la vallata,
Nel solco fumicante,
Su la tepida bocca ei l'ha baciata.

Ride il ciel senza nube e ride il grano
A la coppia rapita;
Inneggia intorno al bacio schietto e sano
Potentemente l'universa vita.

Sanguigne olezzan le corolle schiuse
Come bocche anelanti nell'amore;
Sale per l'aure effuse
Il canto allegro de la terra in fiore.

S'abbraccian sorridendo in mezzo al verde
I due giovani amanti,
Mentre un trillo di rondine si perde
Sotto l'arco dei cieli azzurreggianti;

E dappertutto, nei cespugli ombrosi,

Nei calici dei fiori, entro la bionda
Messe e nei nidi ascosi,
Freme il bacio che avviva e che feconda.

CAVALLO ARABO

Sogni tu forse le gialle radure,
Sogni tu forse le calde pianure
Arse dal sol?
Vasti miraggi di sabbie cocenti,
Corse d'audaci cavalli nitrenti
Sul patrio suol?

Quando tu scoti la folta criniera,
E punti a terra la zampa guerriera
Mordendo il fren,
Quando tu nitri con urlo selvaggio,
Subita brama di novo viaggio
M'avvampa in sen.

Non sai?... M'attiran le plaghe serene;
Non sai?... M'attiran le nitide arene
Arse dal sol.
Vien, ch'io ti salti su l'agile groppa;
Bruno corsiero, galoppa, galoppa,
Divora il suol!...

Fuggi le nebbie stagnanti sui piani,
Su questa ignobile folla d'umani
Passa col piè:
Fendi correndo l'irsuta ramaglia.
Fuggi, galoppa per valle e boscaglia,
Libero e re!

Dietro ti lascia gli abissi e le frane,
Gonfî torrenti, spezzate liane,
Calpesti fior.
Avanti sempre, se lunga è la strada,
Fin ch'io con te ne la polvere cada,

Mio corridor!...

O fiamme rosee di vesperi queti,
O visïoni di snelli palmeti
Riflessi in mar;
Scabri e rocciosi profili di monti,
D'arabe nenie pei glauchi orizzonti
Fioco vibrar!...

Sprizza scintille la sabbia infocata;
Ahmed, galoppa!... La corsa sfrenata
Più non ristà.
Verso l'ignoto ti slancia, t'avventa;
Tutto disfido se in faccia mi venta
La libertà!...

TE SOLO

Qui.... te solo, te solo.—Oh, lascia, lascia
Ch'io sfoghi sul tuo cor tutti i singulti
Da tant'anni nel petto accumulati,
Tutti gli affanni e i desiderî occulti....

Ho bisogno di pianto.

Sul tuo sen palpitante, oh, lascia, lascia
Ch'io riposi la testa affaticata,
Come timido augello sotto l'ala,
Come rosa divelta e reclinata....

Ho bisogno di pace.

Sul tuo giovine fronte, oh, lascia, lascia
Ch'io prema il labbro acceso e trepidante,
Ch'io ti susurri l'unica parola
Che t'incateni a me per un istante....

Ho bisogno d'amore.

SINITE PARVULOS....

Oh, si vouz rencontrez quelque part sous les cieux....

V. Hugo.

Se nel crocicchio d'una via deserta
O in mezzo al mondo gaio e spensierato
Incontrate un bambino abbandonato,
Pallido il viso e la pupilla incerta;

Che d'una madre il bacio ed il consiglio
Abbia perduto, e pianga su una bara
La memoria più santa e la più cara,
Oh, portatelo a me!... Sarà mio figlio.

Io lo terrò con me, per sempre.—A sera
Gli metterò le sue manine in croce.
Con lui, per lui dicendo a bassa voce
De' miei anni più belli la preghiera.

La parola che eleva e che conforta
Io gli dirò con placida fermezza;
La gelosa e veggente tenerezza
Avrò per lui de la sua mamma morta.

Io gli dirò che la vita è lavoro,
Gli dirò che la pace è nel perdono;
Di tutto ciò che è giusto e grande e buono
Farò nella sua mite alma un tesoro.

La forza di pensier che Dio m'ha data
Tutta trasfonderò ne la sua mente;
Presso a lui sfiorirà tranquillamente
La mia vita raccolta e scolorata.

Mentr'io declinerò verso l'oblìo,
E avrò la cuffia e metterò gli occhiali,
Ei salirà, lo spirto agl'ideali,
Le braccia alla fatica e il cuore a Dio.

Fidente ei moverà verso l'aurora.
Ingranaggio vital nell'universo,
Irrequïeto augello al sol converso,
Giovane stelo che nel sol s'infiora:

E in pace io morirò.... poichè sofferto
Non avrò indarno, e non indarno amato;
E da un petto di figlio e di soldato
Cadrà un sospiro su l'avello aperto.

NENIA MATERNA

Quando, bimba felice, a l'origliere
Desiosa di sonno, io m'affidava,
Curva su l'ago ne le lunghe sere
La madre mia vegliava.

Cantando ella vegliava—era una dolce
Cantilena gentil come di fata,
Donde il fioco ricordo ancor mi molce
Nell'anima turbata.

Nel silenzio vanìan le note lente
Come tremando d'intima dolcezza,
Vanìan per l'ampia oscurità dormente.
Lievi come carezza;

Ed io.... sognava.—Intorno a la mia culla
Aleggiava di miti angeli un coro,
D'amor parlanti a l'anima fanciulla,
Belli nei nimbi d'oro.

*

Or più non canti. Ma nel verno algente
Cruda miseria strazia, inesorata,
La tua stanca vecchiezza e l'impossente
Mia gioventù spezzata.

Or più non canti, o madre.—Ad una ad una
Svanîr le gioie—e pur, calma nei guai,
A l'insulto crudel de la fortuna
Non imprecasti mai;

Ma nel torvo del cor sdegno profondo,
Io lancio ai dardi de la sorte infida,
A l'onta nera, a la miseria, al mondo,
Una superba sfida.

.... Pur, quando a la mia fronte austera e smorta
Tacitamente, o madre mia, tu miri,
Come in amare ricordanze assorta,
Poi, timida, sospiri;

Di lontane memorie una dolcezza,
Di battiti segreti un'armonia,
Mi spinge a ricercar la tua carezza
Appassionata e pia.

Ne la penombra dell'ora quïeta,
Sotto il tuo caro sguardo, a te vicina,
Madre, vorrei scordar che son poeta,
E ritornar bambina.

Vorrei sentirle ancor le nenie lente
Che un dì, chinata su tranquilla cuna,
Calma ne l'ampia oscurità dormente,
Fidavi a l'aura bruna;

E ribaciando la tua fronte bianca,
Che tristezza d'amor tutta scolora,
Fra le tue braccia, come bimba stanca,
Addormentarmi ancora.

NELL'URAGANO

Quando de la procella scapigliata
Rugge l'ira e gialleggia il lividor,
Ed Eolo come furia scatenata
Fischia dei lampi al vivido baglior,

Vorrei nel turbinìo dell'uragano,
Fra le saette d'ôr,
Perdermi tutta, perdermi lontano,
Così, stretta al tuo cor!...

In questa febbre di cielo e di terra,
Con te sospinta nell'immensità,
Dirti l'antica ed ostinata guerra
Che tu in me non sospetti e Dio non sa;

A me d'intorno l'ulular del vento,
Buio, schianto, furor;
Sotto ai piè la ruina e lo spavento,
La testa sul tuo cor....

LUCE

A fasci s'effonde
Per l'aria tranquilla.
Colora, sfavilla,
La mite frescura
Del verde ravviva,
S'ingemma giuliva
Per terra e per ciel,

Vittorïosa, calda e senza vel.

Son perle iridate
Danzanti nell'onde,
Son nozze di bionde
Farfalle e di rose,
La vita pagana
Dolcissima emana
Dai baci dei fior...

Il mondo esulta e tutto grida: Amor!...

Mi sento nell'anima
La speme fluire,
L'immenso gioire
Di vivere sento.
Qual schiera di rondini
I sogni ridenti
Fra i raggi lucenti
Si librano a vol....

Son milionaria del genio e del sol!...

PORTAMI VIA

Oh, portami lassù, lassù fra i monti,
Ove lampeggia e indura il gel perenne,
Ove, fendendo i ceruli orizzonti,
L'aquila spiega le sonanti penne;

Ove il suol non è fango; ove del mondo
Più non mi giunga l'odïata voce;
Ov'io risenta men gravoso il pondo
Di questa che mi curva arida croce.

Oh, portami lassù!... Ch'io possa amarti
In faccia a l'acri montanine brezze,
Fra i ciclami e gli abeti, e inebbriarti
Di sorrisi d'aurora e di carezze!...

Qui grigia nebbia sul mio cor ristagna;
Nelle risaie muor la poesia;
Voglio amarti lassù, de la montagna
Nel silenzio immortal.... portami via!...

PUR VI RIVEDO ANCOR....

Pur vi rivedo ancor, povere stanze,
Linde stanzette de la madre mia:
Oh, nel mio sen, che folla di speranze,
Quando, ricca di sogni, io ne partìa!...
Pur vi rivedo ancor, povere stanze.

O bianco letto ove dormii bambina,
O vaghi fiori, o ninnoli gentili,
Soavemente, con virtù divina,
Voi mi parlate dei trascorsi aprili;
O bianco letto ove dormii bambina!...

La speranza nel cor si rinnovella,
Care memorie, in voi mirando—e al muto
Labbro la fede, più gagliarda e bella,
Chiama il sorriso ch'io credea perduto....
.... La speranza nel cor si rinnovella.

Madre, qui, nel silenzio, a te vicina,
Chinar la testa fra le tue carezze,
Sui tuoi ginocchi ritornar bambina,
Dirti del cor l'indomite tristezze....
Madre, qui, nel silenzio—a te vicina!...

Oh, non lasciarmi, non lasciarmi mai,
Solo conforto ai miei tristi vent'anni!...
Tutti, presso di te, mamma, tu il sai,
L'anima scorda i paventati affanni....
Oh, non lasciarmi, non lasciarmi mai!...

Move da l'aure un alito di pace;
Palpitante di stelle è il firmamento,

Ed ogni umana sofferenza tace
Come dormono i fiori e tace il vento:
.... Move da l'aure un alito di pace....

STRANA

Treman le foglie con brivido lento:
Al bosco verde che bisbiglia e posa
Narra una storia il vento.

E comincia così: C'era una volta....
E, trepidando all'alitante spiro,
Il bosco verde ascolta.

Era un'errante e fervida gitana:
Avea la bocca rossa e fulvo il crine,
E si chiamava: Strana.

Un giorno amò.—Fu spasmo e fu dolcezza,
Fu sorriso e delirio, ombra e splendore
Di quell'amor l'ebbrezza.

Un altro giorno attese, ed ei non venne.
Attese a lungo, palpitante e muta.
Non venne più.... non venne.

Ed essa allor, chinando il volto assorto,
Disse: A che serve trascinar la vita,
Quando l'amore è morto?

.... Un alito passò tra fronda e fronda.
D'infinito riposo a lei parlava
L'acqua limpida e fonda;

D'oblìo parlava!... E su come lamento
Un susurro venìa: Tutto si spegne
Quando l'amore è spento.—

.... La moritura si drizzò fremendo,
Col teso pugno un'adorata, infida
Larva maledicendo;

Poi com'ebra slanciossi. E su l'effuse
Chiome, e sul niveo corpo disfiorato
La fredda onda si chiuse.

Narra il vento così. La notte densa
Cala, cinta di nubi, a la foresta,
Che abbrividendo pensa.

Ed ecco, a poco a poco il vento sale,
Punge, penètra, sibila, travolge,
Fiero scotendo l'ale.

Ed è voce di pianto alta e suprema,
Ed è lungo e gemente urlo d'angoscia,
E la foresta trema.

Son palpiti di fronde e son sussulti.
Parole d'ira sibilate a volo,
Aneliti, singulti....

Squallida e nuda, ad un ricordo avvinta,
Via per la selva turbinando gira
L'anima d'un'estinta;

E par che gema tra le foglie attorte;
No, non v'è pace!... Amor che avvampa in vita
Spasima nella morte.

PERCHÈ

I.

L'uno ha vent'anni—è bello, innamorato,
Dolce signor d'armonïosi canti,
E sul suo labbro acceso ed inspirato
Fioriscono per me gl'inni vibranti.

Ei che descrive nel suo verso alato
Splendidamente de l'amor gl'incanti,
Egli, vinto, sommesso, affascinato,
Trema come un fanciullo a me davanti.

E mi susurra al piè queste follìe:
Darei la gloria pe' tuoi cari accenti,
Per te che sola al mondo adoro e bramo...

E de l'arte le mistiche armonie,
Sogni, voti, sorrisi, estri ferventi,
Tutto a' miei piè depone, e pur.... non l'amo!...

II.

L'altro drizza la fronte imperiosa
Come tronco di quercia a la procella.
Tace—ma tutta in lui leggo l'ascosa
Poesia de la schiva alma rubella.

Non mi parla d'amor—forse non osa.
Ma l'acuto suo sguardo, ignea facella,
Con secreta carezza e dolorosa
Mi ripete ch'ei m'ama e che son bella.

Quando langue sui vetri il dì che manca,

Ed ei m'affisa ne la smorta faccia,
E pensa, e soffre, e non sa dirmi: Io t'amo,

Io chino il volto con ebbrezza stanca;
Ed un desìo mi spinge a le sue braccia,
Come trepido augello al suo richiamo.

SFIDA

O grasso mondo di borghesi astuti
Di calcoli nudrito e di polpette,
Mondo di milionari ben pasciuti
E di bimbe civette;

O mondo di clorotiche donnine
Che vanno a messa per guardar l'amante,
O mondo d'adulterî e di rapine
E di speranze infrante;

E sei tu dunque, tu, mondo bugiardo,
Che vuoi celarmi il sol de gl'ideali,
E sei tu dunque, tu, pigmeo codardo.
Che vuoi tarparmi l'ali?...

Tu strisci, io volo; tu sbadigli, io canto:
Tu menti e pungi e mordi, io ti disprezzo:
Dell'estro arride a me l'aurato incanto,
Tu t'affondi nel lezzo.

O grasso mondo d'oche e di serpenti,
Mondo vigliacco, che tu sia dannato!
Fiso lo sguardo ne gli astri fulgenti,
Io movo incontro al fato;

Sitibonda di luce, inerme e sola,
Movo.—E più tu ristai, scettico e gretto,
Più d'amor la fatidica parola
Mi prorompe dal petto!...

Va, grasso mondo, va per l'aer perso
Di prostitute e di denari in traccia:
Io, con la frusta del bollente verso,
Ti sferzo in su la faccia.

SALVETE

Penso agli atleti della vanga—ai forti
Che disfidando urlanti nembi e soli,
Strappano a l'arsa tormentata gleba
Misero un pane.

Penso agli atleti del piccone—ai macri
De la miniera poderosi atleti,
Ne l'ombra nera ed imprecata ansanti
Senza riposo.

.... Un sordo rombo ecco serpeggia—e crolla
Precipitando con fragor la vôlta,
E tutto è polve e cieco abisso e lunghi
Gemiti e morte....

Ma il sen squarciato del pietroso monte
Fende il vapor vittorioso, e passa;
E lo saluta al trionfato varco
Fulgido il sole.—

.... Penso agli atleti dell'idea, che, accesi
D'ansia febbril la generosa mente,
Martiri e duci, fra le turbe ignare
Tuonano a pugna:

Penso a chi veglia, s'affatica e muore
Disconosciuto.... e dal mio seno irrompe
Alto echeggiando su la terra un grido:
Forti, salvete!—

Salvete, o petti scamiciati e ferrei,
Ruvidi corpi e muscolose braccia
Infaticate nel clamor ruggente
De l'officine:

Salvete, o voi, cui del lavoro infiamma
Il santo orgoglio, e nel lavor morrete,
Voi, del pensier, del maglio e della scure
Strenui campioni.

A me dinanzi in visïon severa
Passan profili d'operaie smorte,
Passan le navi ruinanti a l'urto
De la procella;

E bimbi stanchi e incanutite fronti,
E mozzi corpi e sfigurati volti,
E tutta, tutta un'infinita, affranta,
Lurida plebe.

Sento da lungi un romorìo di voci.
Colpi di zappe, di martelli e d'aste:
Io, fra il tumulto che la terra avviva,
Libera canto;

Te canto, o sparsa, o dolorosa, o grande
Famiglia umana!... Va, combatti e spera,
Tenta, t'adopra e non posar giammai;
Breve è la vita.

Su le tenzoni del lavor; sul capo
Dei vincitori e l'agonie dei vinti,
Sguardo sereno ed immortal di Dio,
Sfolgora il Sole.

PIETÀ!...

Io t'invoco, o Signore,
Che nel buio mi guardi.
Batte da lungi l'ore
La bronzea squilla. È tardi.
Spiega la notte l'ale....
Io prego, inginocchiata,
Convulsa, al capezzale
Di mia madre malata.

Pietà!...

Sul terreo viso immoto
Cala come un sudario.
Dio dell'ombra e del vuoto,
Che salisti il Calvario,
Che portasti la croce,
Che cingesti le spine,
Ascolta la mia voce,
Allontana la fine,

Pietà!

Pietà di lei che soffre,
Pietà di lei che muore.
Che vuoi da me?... M'avvinghia,
O implacabil Dolore;
Copri di strazi e d'onte
I miei tristi vent'anni,
Scavami sulla fronte
Le rughe degli affanni,

Fa che d'amor, di gioie,
Fa che di tutto priva
Io sia, tranne di lagrime....
Ma che mia madre viva.

Pietà!...

VA

Tu che sei bello, generoso e forte,
Tu amor mi chiedi?... Oh, bada.
Se gaudio e speme a te reca la sorte,
Non ti gettar su la mia fosca strada.
Va, di pace e d'amor ricca è la terra:
Fanciullo, io son la guerra.

T'arde la fiduciosa alma ne gli occhi,
E amor mi chiedi?... Oh, bada.
Non trascinarti dunque a' miei ginocchi,
Non ti gettar su la mia fosca strada.
Se gaudio e speme a te reca la sorte,
Ti scosta—io son la morte.

De la mia madre sulla grigia testa
E sul mio capo bruno
Scatenarsi vid'io nembo e tempesta,
E cumular gli affanni ad uno ad uno.
Esile ed avvilita, in vesti grame,
Piansi di freddo e fame.

Crebbi così, racchiusa in un dolore
Torvo, senza parole;
Crebbi col buio intorno e qui nel core
Una feroce nostalgia di sole.
D'occulti pianti e di sconforto vissi,
Soffersi e maledissi.

E quando penso a mia madre, che un lento
Vorace morbo uccide,
Al focolar de la mia casa spento,
Al lauto mondo che gavazza e ride,
Un odio, un infrenato odio mortale,
Spiega a' miei versi l'ale.

E tu mi chiedi amor?... Parti, m'oblìa,
Fanciullo!... Oh, tu non sai
L'ansie de la rovente anima mia
In lotta sempre e non placata mai?...

Lascia ch'io fugga, disamata e smorta,
Ove il destin mi porta.

Lascia ch'io fugga tra i sassi e le spine
Sin che la vita muore,
Ch'io fugga senza tregua e senza fine,
Colla febbre nel sangue e Dio nel cuore....
.... Va, di pace e d'amor ricca è la terra:
Fanciullo, io son la guerra.

NO

Io lo respinsi e dissi: «Non t'amai,
Non t'amo, no. Che tenti?
Viva o morta ch'io sia, tu non m'avrai.»
Egli rispose: «Menti.»

Io lo respinsi e dissi: «No—non mai.
S'io t'ami, Iddio m'annienti.
Per sempre dal mio cor ti cancellai...»
Egli rispose: «Menti.»

«Indarno, indarno, o pallido infelice,
L'anima mia tu chiami.
Sigilla il cuore ciò che il labbro dice....»
Egli rispose: «M'ami.»

In volto lo mirai, scossa, non vinta.
«Pel tuo fatale amore,
Per la memoria di tua madre estinta,
Per me, pel mio dolore,

Per Dio che tutto vede e tutto sente,
Pel tuo bieco passato,
Per questa vita mia breve e morente
Non ribellarti al fato;

Lasciami e scorda. Oh, nulla ti trattenga:
Favelli in te l'orgoglio.

Vano ricordo io pel tuo cor divenga...»
Egli disse: «Ti voglio.»

Inutilmente in quel desìo raccolto
Infatti egli restò.
Ma ancora, ancor gli sibilo sul volto:
«Che fai? che aspetti?... No!...»

CANTO D'APRILE

O amore, amore, amor!... Tutto ti sento
Divinamente palpitar nel sole,
Nei soffii larghi e liberi del vento,
Nel mite olezzo trepidante e puro

De le prime vïole!

Come linfa vital, caldo e ferace
Vivi e trascorri nei nascenti steli;
Con le allodole canti; angelo audace
Fra mille atomi d'ôr voli, e cospargi

Di luce i mondi e i cieli.

O amore, amore, amor!... Tutto ti sento
Nell'esultanza de l'april risorto;
Dai profumi a le rose ed ali al vento,
Copri la terra di raggi e di baci...

Ma nel mio cor sei morto.

MADRE OPERAIA

Nel lanificio dove aspro clamore
Cupamente la vôlta ampia percote,
E fra stridenti rôte
Di mille donne sfruttasi il vigore,

Già da tre lustri ella affatica.—Lesta
Corre a la spola la sua man nervosa,
Nè l'alta e fragorosa
Voce la scote de la gran tempesta

Che le scoppia dattorno.—Ell'è sì stanca
Qualche volta; oh, sì stanca e affievolita!...
Ma la fronte patita
Spiana e rialza, con fermezza franca;

E par che dica: Avanti ancora!...—Oh, guai,
Oh, guai se inferma ella cadesse un giorno,
E al suo posto ritorno
Far non potesse, o sventurata, mai!...—

Non lo deve; nol può.—Suo figlio, il solo,
L'immenso orgoglio de la sua miseria,
Cui ne la vasta e seria
Fronte del genio essa divina il volo,

Suo figlio studia.—Ed essa all'opificio
A stilla a stilla lascierà la vita,
E affranta, rifinita,
Offrirà di sè stessa il sacrificio;

E la tremante e gelida vecchiaia
Offrirà, come un dì la giovinezza,
E salute, e dolcezza
Di riposo offrirà, santa operaia;

Mio il figlio studierà.—Temuto e grande
Lo vedrà l'avvenire; ed a la bruna
Sua testa la fortuna

D'oro e di lauro tesserà ghirlande!...

.... Ne la stamberga ove non giunge il sole
Studia, figlio di popolo, che porti
Scritte ne gli occhi assorti
De l'ingegno le mistiche parole,

E nei muscoli fieri e nella sana
Verde energia de le tue fibre serbi
Gli ardimenti superbi
De la indomita razza popolana.

Per aprirti la via morrà tua madre;
All'intrepido suo corpo caduto
Getta un bacio e un saluto,
E corri incontro a le nemiche squadre,

E pugna colla voce e colla penna,
D'alti orizzonti il folgorar sublime,
Nove ed eccelse cime
Addita al vecchio secol che tentenna:

E incorrotto tu sia, saldo ed onesto...
Nel vigile clamor d'un lanificio
Tua madre il sacrificio
De la sua vita consumò per questo.

NON POSSO

Perchè, quando con dolce e malïardo
Labbro mi narri di tua vita errante,
L'innamorato e cerulo tuo sguardo
Par che tutto mi sugga il cor pulsante?...
No, non chiamarmi ai morti sogni e ai baci....
Non posso, taci!...

Quando, raccolta e pensierosa, ascolto
La voce tua che come un'arpa vibra,

Perchè sale una vampa a te sul volto,
Corre un brivido a me per ogni fibra?...
No, non chiamarmi ai morti sogni e ai baci....
Non posso, taci!...

Altro fato m'incalza.—Oh, mai nell'ora
Voluttuosa in cui tutto s'oblìa,
E nel delirio rapida s'infiora.
Labbro d'amante mi dirà: Sei mia.
Su la mia bocca giovanile e pura
Bacio è sciagura.

Tu mai non pensi l'amor mio?... Raggiante
Luce sarebbe di gioia e di gloria,
Riso di giovinezza trionfante,
Inno di speme e canto di vittoria:
D'anima e di pensier, di mente e d'ossa
Magica scossa.

E pur, vedi, ti scaccio e m'allontano,
Rigida e casta, ne la notte fonda;
Non mi chieder perchè di questo strano
Tirannico mister che mi circonda;
Non richiamarmi ai morti sogni e ai baci....
Non posso, taci!...

FANTASMI

Io mirai l'onda che rompeasi al lido;
E di veder mi parve
Rasentar leggermente il flutto infido
Una schiera di larve.

Eran vestite d'alighe spioventi:
Avean sciolti i capelli,
Disfatti i volti, occhi stravolti o spenti.
Sotto ai lor piè l'acqua turbata avea

Balenii di coltelli.

Da quelle labbra scolorate uscìa
Bava e un gemito rôco.
Misto al rombo del mare esso venìa
A parlarmi nel core.—Sui ginocchi
Io caddi a poco a poco.

Eran fracidi corpi d'annegati;
Suicidi gettati
Da volontà demente ai flutti e ai fati;
Vittime con un ferro in mezzo al petto,
Naufraghi scarmigliati.

Mi disser: «Che si fa sopra la terra?»
Io risposi: «Si piange.
Ipocrisia trionfa, odio si sferra.
Oh, più felici voi su gl'irti scogli
Ove l'acqua si frange!...»

Mi disser: «Scendi ai placidi riposi
Fra l'alghe serpentine.
Nascondigli d'amor sono i marosi
Inesplorati, e sol nel nulla è pace.
Scendi;—qui v'è la fine.»

.... Ed io mirai su le verdastre larve
Il tramonto morire:
Ne la penombra il queto mar mi parve
Un letto per dormire.

VIAGGIO NOTTURNO

Si parte: è mezzanotte.—È pigra la cavalla,
Su le malferme rôte il veicol traballa:
Su, frusta, o carrettier!...
Per noi, dell'avventura lieti e securi figli,
Non ha minaccie il bosco, l'ombra non ha perigli,

Sassi non ha il sentier.

Tutto si cela e dorme—su, frusta, o carrettier!...

Fuor da una nube occhieggia, sogghignando, la luna;
Vecchia malizïosa, per la pianura bruna
Ella spiando va.

Al ciel velato gli alberi tendono i rami storti,
Come preganti braccia di scheletri contorti:
Che narri, o immensità?...

.... Fuor da una nube l'algida luna spiando va.

Ritta, commossa e pallida, l'occhio smarrito e fisso,
Io, coi capelli al vento, interrogo l'abisso.
Inghiotte il tenebror
Preci e rancori d'anime, baci di labbra amanti,
Sogni, delitti e lacrime, carezze deliranti
D'avvelenati amor.

Passan sospiri e brividi traverso al tenebror!...

«Che fai? che vuoi?...» mi chiedono, sôrte da fossa impura
Fatue fiammelle erranti presso le basse mura
D'un àtro cimiter.
Non so; cerco il destino. Forse eterno è il viaggio,
Forse eterna è la notte; non importa. Ho coraggio.
Su, frusta, o carrettier!...

Io non vi temo, fatui spirti del cimiter.

Nel silenzio tranquillo de l'assopito vano,
Misteriosa scôlta, veglia il pensiero umano,
Com'angelo immortal.
Veglia, e coll'ali fatte di sogno e d'ardimento,
sfiora la cieca terra, le nuvole d'argento,
La fossa e l'ideal.

Vola, o pensier, sui ruderi, com'angelo immortal!...

ANIMA

A Nice Turri.

Era grande ed oscuro. Un divo soffio
Di genio la sua fronte irrequïeta
Baciava. Ai sogni, ai palpiti
Cresciuto de l'idea,
Bello, gentile, libero, poeta,
Incompreso dal volgo, egli vivea.

A lui gli astri e la luce—a lui la mistica
Armonia de le cose un sovrumano,
Un fervido linguaggio
Parlava.—Ei che ghirlande
Non chiedeva a la gloria, a un cuore invano
Mendicò amor.—Gli fu negato.—Grande

Ed oscuro, moriva!... In solitudine
Fosca, moriva.—Ride il sol lucente
Su l'invocato tumulo;
Lunge, trilla e si perde
Un canto alato come augel fuggente
Per la serena maestà del verde;

Sotto, fra i chiodi de la cassa, sfasciasi
La domata materia.—A la feconda
Terra, la terra ignobile
Torna.—De la tua mesta
E commovente poesia profonda,
Del tuo genio, di te, vate, che resta?...

Tu, tu sola che amavi, e viva e rosea
Del sol bevesti i luminosi rai,
Tu che ne i lunghi spasimi
D'intenso ardor fremesti,
Tu, sanguinante ma non vinta mai,
Sconosciuta e virile anima, resti!...

Quando tace la terra, e nel silenzio
Cala il bacio de gli astri al fior sopito,

E come alito d'angeli
Via per gli spazi immensi
Un sospiro d'amor corre infinito,
Tu in quell'alito vivi, e guardi, e pensi.

Quando il nembo s'addensa, e il vento indomito
Fischia, e pei boschi impazza la bufera,
E rossi lampi guizzano
Su ne l'accesa vôlta,
Con la procella minacciosa e nera
Tu soffri e gemi, nei ricordi avvolta.

Quando, vanendo per le limpide aure,
Sale un canto di donna al ciel gemmato,
E di carezze e d'impeti
E di desii supremi
Parla e si lagna nel ritmo inspirato,
Tu in quel canto, vibrante anima, tremi!

Fin che sui rivi ondeggieranno i salici
Fin che tra i muschi fioriran le rose,
Fin che le labbra al bacio
E a la rugiada il fiore
Aneleranno, e le create cose
Avviverà, febèa scintilla, amore:

Ne le nozze dei gigli, ne la gloria
Irrefrenata dei meriggi ardenti,
In alto, de le tremule
Stelle nei bianchi rai,
Ne gli abissi del mar, librata ai venti,
Nel mistero del cosmo, alma, vivrai.

AFA

Il sole sta. Sta l'aura
D'atomi d'ôr cosparsa.
L'erma pianura immobile,
Tutta di foco e polve,
Nella luce si avvolve
Arsa.

L'afa morta, implacabile,
Pesantemente piomba.
Ne la tristezza fiammea
Posa la terra stanca,
Come un'immane e bianca
Tomba.

.... Pace—Sognante vergine
Assetata d'amore,
Chino il riarso calice
Sotto la vampa afosa,
Un'appassita rosa
Muore.

Rugiade invoca e pioggie
Quell'agonia pel suolo:
La dolcezza d'un bacio,
La voluttà d'un'ora,
Per chi soffre e lavora
Solo.

Ma tutto brucia e sfolgora,
Tutto è riposo e oblìo;
Nell'alidor terribile
Sopra la terra ignava
Solennemente grava
Dio.

TU VUOI SAPER?...

Tu vuoi saper chi io sia?... Fanciullo, senti.
In deserta prigion chiuso e dannato
Io sono augello dall'ali possenti;
E chiedo il folgorar dei firmamenti,
E qui m'agito e soffro incatenato.
Biondo fanciullo, senti.

Io sogno nozze di silvestri fiori
Ne l'ombra secolar de la foresta,
E de le belve i deliranti amori
Su le sabbie del tropico; e gli ardori
Del sole e il turbinar de la tempesta,
Raggi, procelle e fiori.

E qualche volta, vedi, audacemente
Io mi dibatto, maledico, piango;
Ma passa il mondo e ride o non mi sente,
Ed io, testardo prigionier furente,
Contro i ferri l'aperte ali m'infrango,
E il mondo non mi sente!...

Oh, chi mi spèzza l'ìnvide ritorte.
Chi mi dona la luce e l'infinito,
Chi mi dischiude le tenaci porte?
Io voglio, io voglio errar, garrulo e forte,
Nella luce del sole ebbro e rapito....
O libertade, o morte.

VIENI AI CAMPI...

Vieni ai campi con me!... Bagna nel verde
La rugiada i miei sandali di seta.
De la campagna che il mattin rinverde
Vo' coglier tutti i fior....
Vieni con me nei boschi, o mio poeta,
Ma non dirmi d'amor!...

Una rondin traversa il ciel di rosa,
L'umide foglie sembran dïamanti;
Brillan gl'insetti nell'erba muscosa,
Ringiovanisce il pian;
Guarda che luce, che festa, che incanti...
Dio non esiste invan!...

.... Non parlarmi d'amor.—Di quei fulgori
L'anima nostra è un pallido riflesso.
Guarda che forza di divini ardori
Circonfondente il suol;
Che amor possente e che possente amplesso
De la terra col sol!...

Tu dar non mi potrai quel bacio eterno.—
.... Fatto di debolezza e gelosia,
Di fosche nubi e di rose d'inverno,
Di febbre e di timor,
Dell'infinito innanzi all'armonia,
Di', che vale il tuo amor?...

Io voglio, io voglio i campi sterminati
Ove fremono germi e sboccian fiori,
Come snella puledra in mezzo ai prati
Io voglio, io voglio andar;
Dell'iride vogl'io tutti i colori,
Tutti i gorghi del mar!...

Strappar le fronde e calpestar gli steli,
Goder l'eccelsa libertà montana,
Sul vergin picco che si slancia ai cieli

Batter felice il piè;
E assopirmi nel sol, come sultana
Ne le braccia d'un re!...

FRA I BOSCHI CEDUI

Fra i boschi cedui
Infuria un demone.
Sghignazza, avventasi,
Piega le quercie,
Rompe ogni stel,
Sinistre nuvole
Chiama pel ciel.

Fra i boschi cedui
Sghignazza un demone.

Tutta ravvivasi
La selva ed ansima,
Tutta contorcesi:
Riscote ed anima
L'immensità
Un urlo magico:
«Fatalità.»

Tutta contorcesi
La selva ed ansima.

Narra la ràffica
Bizzarre istorie
D'amor, di lagrime,
D'ebbrezze adultere
Che Dio punì;
Colpe e misterii
D'antichi dì.

Narra la ràffica
Storie di lagrime.

Prendimi, portami,
Spirto malefico:
Su l'audacissime
Ali indomabili,
Tra nubi e fulmini,
Pel cieco orror,
Portami, involami,
Come la gracile
Foglia d'un fior....

In alto, in alto sempre, in alto ancor!...

CASCATA

Da che eccelse scaturigini tu nasci,
O cascata impetuosa?...
Rimbalzante sulla china perigliosa,
Tu scrosciando volgi al mar;
Spumi, brilli, ridi, spruzzi, e niun t'arresta
Ne la corsa secolar.

Da che eccelse scaturigini tu nasci,
O pensiero zampillante?
A te beve, secco il labbro e il petto ansante,
L'assetata umanità;
In te il sole si rispecchia, e niun t'arresta
Ne l'immensa eternità.

MISTICA

Ella amava le gotiche navate
Dei templi solitari;
I ceri agonizzanti sugli altari,
Il biascicar dei mistici
Rosarî.

Ella pregava sempre, pei dolori
Che ancor non conoscea:
Come un giglio era bella e nol sapea:
Non di carne, ma d'etere
Parea.

Una sera, nell'ombra d'un'arcata,
Uno sguardo l'avvolse,
Ella chinò la testa e non si volse.
Ma nelle fibre un tremito
La colse.

Un'altra sera ancor, nel tempio vuoto,
Ella incontrò quel viso.
Prometteva l'inferno e il paradiso....
Il cor le battè rapido,
Conquiso.

Ed una voce su la bocca: Io t'amo,
Le disse, ed ella pianse....
Un angelo dall'alto la compianse;
Sull'altare una lampada
S'infranse.

HAI LAVORATO?

Dunque tu m'ami. Hai confessato; or, trepido,
Taci ed attendi, e ti scolora il viso
Un'onda di pallor.
Vuoi dal mio labbro un bacio ed un sorriso.
Vuoi di mia fresca giovinezza il fior!...

Ma dimmi: L'ansie, le battaglie e gl'impeti
Sai tu d'un ideal che mai non langue?
Sai tu che sia soffrir?...
Che ti val la tua forza ed il tuo sangue,
L'anima tua, la mente, il tuo respir?...

Hai lavorato?... Le virili insonnie
De la notte in severe opre vegliata,
Di', non conosci tu?...
A qual fede o vessillo hai consacrata
La tua florida e bella gioventù?...

Non mi rispondi.... oh, vattene. Fra gli ozî
Lieti di sonnolente ore perdute
Torna, vitello d'ôr.
Torna fra balli, carte e prostitute;
Io non vendo i miei baci ed il mio cor.

Oh, se tu fossi affaticato e lacero,
Ma coll'orgoglio del lavoro in faccia,
E una scintilla in sen;
Se stanche avessi l'operose braccia,
Ma t'ardesse nel grande occhio un balen;

Se tu fossi plebeo, ma sovra gli uomini
Cui preme e sfibra il vile ozio codardo
Ergessi il capo altier,
E nel tuo vasto cerebro gagliardo
Avvampasse la febbre del pensier,

Io t'amerei, sì!... T'amerei per l'opre
Tue vigorose e la tua vita onesta.
Pel sacro tuo lavor;

Sovra il tuo petto chinerei la testa.
Forte di stima e pallida d'amor!...

Ma tu chi sei?... Da me che speri, o debole
Schiavo languente fra dorato lezzo?
Sgombrami il passo, e va.
Non m'importa di te—va—ti disprezzo,
Fiacco liberto d'una fiacca età!...

A MARIE BASHKIRTSEFF

Da l'ampia tela, ammaliante e fisso
Mi persegue il tuo sguardo; e a sè m'attira
Come bocca d'abisso.

Sotto la chioma d'ôr fina e fluente
Sei tutta bianca, e le rosate nari
Vibran nervosamente:

Dice il labbro serrato: «Io penso e voglio:»
Dice la fronte non curvata mai:
«Io nacqui al lauro e al soglio.»

.... Senti. È ver che sei morta, o bionda Slava,
Che tesori d'ingegno a noi portasti
Dai ghiacci di Poltawa;

Che nel silenzio de le tristi nevi
Come rosa sbocciasti, e inconsumata
Sete di gloria avevi?...

Del genio coll'ignoto a te la guerra;
A te la fantasia che tutto sfiora,
E irruendo si sferra;

A te la melodia che ha preci e schianti.
Che parla, erompe, impreca e si contorce
Su le corde pulsanti;

A te la tela ove gioia e dolore,

E carne e sole ed anima diventa
Lo sprazzo del colore.

Che trionfo di vita e di baldanza.
Quanta grandezza in te, quanto futuro,
Che soffio di speranza!...

Fiore di landa fra le nevi aperto,
Tu sognavi, sul verde agile stelo,
I cieli del deserto:

Gracil patrizia, tu gli abeti foschi
Sospiravi de l'Alpe, il mar di spuma,
La libertà dei boschi.

.... Or di te che rimane, o battagliera
Figlia de l'Arte?... Una ferrata cassa
Sotto la terra nera;

Su la cassa una croce esposta ai venti;
Dentro, fra i vermi, il tuo teschio che ride,
Ride, mostrando i denti.

*

.... Null'altro?...—Calma senza fine grava
Nella notte, dintorno.—Io su la tela
Ti miro, o bionda Slava.

Il cangiante tuo sguardo m'incatena:
Qualchecosa di te m'entra nel core,
E tutta m'avvelena.

Una elettrica forza si sprigiona
Dalla regal tua forma—e mi serpeggia
Per tutta la persona;

Ed io mi sento *te*.—Del martellante
Desìo d'ignoto che il tuo sen minava
Sento l'alito ansante.

Sento l'innata facoltà che crea;
Sento pulsar nel cérebro l'acuta
Vertigin dell'idea.

Vedo la morte rotear da lunge
Già guatando il mio capo; algida larva
S'appressa e mi raggiunge;

Come in te, tutto stralcia e tutto annienta.
Cala il corvo a gracchiar su la rovina:
Fuma la torcia spenta.

Nulla dunque di noi, nulla più resta?...
Io lancio a te l'angoscïoso grido
Dell'anima in tempesta.

Ma la terra non sa, Dio non risponde!...
Ne l'infinito il gemito s'inghiotte
Come sasso ne l'onde.

Mentre su i dubbi de l'ignare genti,
O trapassata, il teschio tuo sorride
Mostrando i tersi denti,

Del tuo spirto la vivida scintilla
Ne l'esser mio che morirà tra poco
Penètra, arde e sfavilla.

IN ALTO

Sogno.—Dinanzi al mio vagante sguardo
Una turba fantastica traluce
Tutta ravvolta ne la rossa luce
Del tramonto di giugno austero e tardo.

Son macri volti e petti strazïati,
Teste coperte di polve e di spine,
Sfolgoranti d'amor luci divine,
Corpi da interne piaghe divorati.

Ed io domando: Ma chi siete voi,
Che accennando sfilate a me davanti,

E m'arridete, taciti e raggianti,
Nella gloria del sol?...—«Noi siam gli eroi,

Siam l'inspirata e tragica coorte
Che sui campi di guerra e sugli spaldi
Fra cozzo d'armi e risuonar di caldi
Inni, i petti robusti offerse a morte.

Gli sventurati eroi siam del pensiero,
Siam la falange macera e sfinita
Che invanamente consumò la vita
Ne la ricerca del fuggente vero.

Soldati fummo, martiri e giganti:
Nostre le pugne, i sacrifici e l'onte.
Nemico ferro ci squarciò la fronte,
E pur cadendo singhiozzammo: Avanti!

E plebi insane inferocîr su noi,
E vilipesi fummo e lapidati,
Crocifissi, derisi, torturati,
Senza tregua o quartier!... Noi siam gli eroi.»

.... Ed io sorgo ed esclamo: Oh, perchè mai
Tanti sospiri e tante vite infrante,
E tante ambasce e tanto lutto, e tante
Serie infinite d'infiniti guai?...

Perchè s'insegue con rovente ardore
Un ideal che balenando sfugge,
Perchè piangendo l'anima si strugge
Nel desìo, ne l'inganno e nell'amore?...

Perchè?...—Dinanzi al mio sognante sguardo
La fantastica turba ancor traluce,
Tutta ravvolta ne la rossa luce
Del tramonto di giugno austero e tardo:

Dai volti radïosi e senza velo
Spira una calma che non è terrena:
Schiudendo la pupilla ampia e serena
Segnan col dito, sorridendo, il Cielo.

SOLA

Langue d'autunno il solitario vespero
De l'âtre nebbie fra i cinerei veli;
Scendon l'ombre a le verdi solitudini
Giù dai lividi cieli.

Cadon le foglie, volteggiando aeree
Da la fredda portate ala del vento,
Quai morti sogni. Erra per l'aure un brivido
Come di bacio spento.

Sui capelli di lei, ravvolti e morbidi,
Muta agonizza l'ultima vïola.
Ella guarda laggiù, fra i nudi platani,
Ritta, scultoria—sola.

Ella guarda laggiù. Pensa a le nivee
Placide culle ove, chinato il biondo
Capo sui lini, i sorridenti pargoli
Dormon sonno profondo:

Veglian le madri—e a la commossa tenebra,
Come voci di ciel blande, serene,
Sciolgono, i sonni a raddolcir degli angeli,
Le lunghe cantilene.

Ne la queta foresta, entro il pacifico
Nido, l'augel s'appressa a la compagna,
E s'addorme così... nè spira un alito
Per la brulla campagna:

Solo a le basse, immensurate nebbie
Rabbrividendo il vizzo ultimo fiore,
Sovra l'erbe, in un bacio, il roseo calice
Piega—e quel bacio è amore.

O dolcezze!... Ella sogna. Assorta in candidi
Pensier, presso gentil cuna modesta,
D'una lampa al chiaror, curva su l'agile
Ago la bella testa;

E mentr'ei tenta con le forti braccia
Cinger le caste flessuose forme,
A lui susurra con carezza timida:
Silenzio!... Il bimbo dorme.

Vane grida del cor, parvenze splendide,
Di sorrisi e d'amor larve gioconde,
V'estinguete laggiù fra i nudi platani
E le brume profonde!...

Foglia al ramo caduta, occulta lacrima,
L'ultima speme dal suo cor s'invola;
O nidi, o fiori, o baci, o culle nivee,
Vi celate.—Ella è sola.

Cala d'autunno il nebuloso vespero,
Col lontano de i corvi acre lamento,
Sovra gli aridi boschi e a lei ne l'anima,
Inesorato e lento;

.... Cala.—Superba come greca statua,
Al plumbeo cielo ella solleva i rai....
Scote la brezza di novembre un brivido
Che le susurra: Mai!

SPES

Quando, senza pietà, pungente e rude
In noi penètra il duol,
L'anima le sue grandi ali dischiude
Librata a vol.

In alto, insanguinata aquila altera,
Posa, ove tutto è gel,
Ove l'urlo non san de la bufera
La vetta e il ciel.

Pur, mentre impreca e sogghignando nega,

Angiol ribelle, il cor,
Mite una voce dal profondo prega:
Amore, amor!...

VEDOVA

Vedova triste che silente stai
Nel tuo gramo tugurio affumicato,
E cuci, e cuci, e non riposi mai
Presso il letto del tuo figlio malato;

Che su la faccia scolorita e mesta
D'un antico dolor serbi le impronte,
E sei tanto infelice e tanto onesta,
Vedi, vorrei baciarti sulla fronte.

De la finestra tua sul davanzale
Un geranio vermiglio s'incolora.
T'oppresse il fato, e pur tu serbi l'ale;
Hai tanto pianto, e pur tu speri ancora.

Ch'io m'inginocchi presso te: m'apprendi
La virtù che sopporta e che perdona:
Tu che l'odio e il livor mai non comprendi,
Benedicimi, o grande, o vera, o buona.

Mai come qui con più commossa mente
Io ricordai mia madre—e dentro il core
Mi penetrò la fiera e paziente
Dignità del dolore.

ROSA APPASSITA

Forse ella ha troppo amato:
Ora è stanca e riposa.
Forse ha sofferto molto:
Sul gambo ripiegato
Or china con un tremito
La testa dolorosa.

Forse ella soffre ancora:
La nausea de la vita,
L'ebbrezza de la morte
Nell'agonia de l'ora
Parlan fra i vizzi petal....
Forse ella fu tradita.

Non so che storia ascosa
Mi narri il dì che cade,
Il penetrante balsamo
De la sfiorita rosa,
La stanza solitaria
Che la penombra invade.

L'anima d'un ignoto
Presso la mia respira:
Aleggiare la sento
Come un bacio nel vuoto,
Mister di luce e d'ombra
Che tutta a sè m'attira.

Ed un desìo mi nasce:
Essere morsa al cuore,
Esser baciata in bocca,
Provar gioie ed ambasce,
La follìa del trionfo,
La follìa del dolore.

Batte un rintocco:—è l'Ave.
O triste fior sfogliato
Consunto di dolcezza,
O fior mite e soave,

Senti: non vo' morire
Prima d'avere amato.

DEFORME

Ascoltate, signor.—Da lunge, al porto,
Il mar si lagna con muggente voce.
Mi guardaste?... L'atroce
Ghigno d'un demon mi creava; io sono
D'una furia l'aborto.

Coll'immortal malinconia del mare
Il mio si fonde irrimediabil duolo.
Piangetemi, son solo:
Non ho moglie, non figli, non amici,
Freddo è il mio focolare.

E un giorno anch'io, capite, anch'io cercai
Un astro folgorante alla mia sera:
Cercai la donna.... Ell'era
Una vagante e splendida boema;
La raccolsi e l'amai.

Quella donna mentiva, io lo sapea;
Ma quando sul suo bianco, statuario
Petto di marmo pario
Io reclinava il deformato volto,
Il mio cor si struggea!...

Ell'era noncurante ed io geloso,
Ferocemente, ineluttabilmente,
Del suo crin rilucente,
De la sua bocca e del suo sen velato,
Del suo riso festoso!...

M'abbandonò.—Cercò il piacer, l'aurora,
Il maggio e la beltà!... Non l'ho seguita.
Ma verso la svanita
Sua forma io vile, sfigurato e irriso

Tendo le braccia ancora!...

Oh, s'io potessi smantellar le porte
Di questa vita maledetta e lenta!
Ma il nulla mi spaventa:
La debole e vigliacca anima teme
L'al di là della morte.

.... Come de le schiumanti onde il fragore
Commove l'aura e fa tremar la riva!...
Non s'ode anima viva;
Questa notte assomiglia al mio destino.—
.... Addio dunque, signore.

VOCE DI TENEBRA

A Raffaello Barbiera.
Solitudin di gelo.—La tenèbra
Qui nel bosco m'ha côlta.
Infoscansi le nubi, ed io com'ebra
Sto, ma non temo.—O fredda aura sconvolta,
Aura fredda del vespro in agonia,
Parla all'anima mia!

.... Ed essa parla. Parla con le arcane
Voci de la boscaglia,
Rumoreggianti per la selva immane
Come ululìo di spiriti in battaglia:
E mi dice: «Che fai su l'ardua piaggia,
O zingara selvaggia?

Cerchi forse la pace?... O il glacïale
Rude schiaffo dei venti?
Nulla qui, nulla a soggiogarti vale?
Che temi tu, se al buio ti cimenti?
Di che razza sei tu, se non t'adombra
Il velame dell'ombra?

Nata alle aurore fiammeggianti e ai voli

Dell'aquila fuggente,
Nata a le vampe dei bollenti soli
Sovra gli aurei deserti d'Oriente,
Fra ciniche bestemmie e stanche fedi
Un ideal tu chiedi!

Ma t'annoda pei polsi una catena,
Ti circonda la bruma,
E la vita ti rode e t'avvelena
L'inutile desir che ti consuma.
Fatalità su la tua testa grava,
E sei ribelle e schiava.

Pur tu combatterai, gagliarda figlia
Di lutto e di disdetta:
Senza freno irrompente e senza briglia
La tua strofe sarà grido e saetta.
Andrai fra gl'irti scogli del dolore
Inneggiando all'amore;

Andrai coi piè nel fango e l'occhio altero
Nella luce rapito,
Le magnifiche larve del pensiero
Cercando per le vie dell'infinito:
Da una possa virile andrai sospinta,
Più grande ancor se vinta.»

*

Così mi parla la tenèbra—ascolta
L'anima mia pensosa.
Son pianti e lampi ne la notte folta,
Tetri misteri ne la selva ombrosa:
Ma il respiro d'un Dio forte e sereno
Sento aleggiarmi in seno.

MARCHIO IN FRONTE

Una zingara snella in vesti rosse
Mi toccò in fronte con un dito, e rise.
Un tremito mi scosse.

Ella disse: «Tu porti un marchio in fronte,
Inciso in forma di bizzarra croce.
Tu porti un marchio in fronte.

Degli anni tuoi nel fortunoso giro
Sempre l'avrai con te—poi che l'impresse
Il morso d'un vampiro.

Ei della vita tua la miglior parte
Avido succhia, e il fuoco di tue vene;
E quel vampiro è l'Arte.

Nelle tue veglie solitarie, oh, quante,
Quante volte esso venne al tuo guanciale,
Famelico e guatante!...

Tu d'Apollo nascesti al vieto regno;
Ma in questo secol bottegaio e tristo
È un delitto l'ingegno.

Su, denuda nel verso prepotente
Le vive piaghe del tuo cor; sul viso
Ti riderà la gente.

Ricca di gioventù sana e dorata.
Libra un inno d'amore; e ti diranno
Fantastica e spostata.

Critici e sofi con insulti vani
T'inseguiran come lupi la preda
Per mangiarsela a brani;

Ma cancellar quel marchio invan vorrai,
Favilla di pensier più il non si spegne,
Più mai, più mai, più mai....»

Disse. E, proterva ne la rossa vesta,
Ritta dinanzi a me, parve il destino.
.... Ed io curvai la testa.

VATICINIO

Raccoglie le pesanti ombre la sera
Sovra il giaciglio dove il bimbo posa.
Preme nel sonno una tristezza fiera
La bocca dolorosa.

Soavissima e cara un dì venìa
D'una madre la voce a questa cuna,
E, qual canto d'amor, lenta salìa,
Trillando, a l'aura bruna;

Ed aleggiando per le chete stanze,
De la notte fra l'alte ombre perduta,
Di sorrisi parlava e di speranze....
Or quella voce è muta.

.... Povero bimbo senza madre, oh, posa,
Posa le membra sul diserto strame.
Domani, a la frizzante alba nevosa,
Ti sveglierà la fame.

Bello ne l'ingiocondo occhio superbo,
Nel serio labbro e nella fronte scura
Cui segna il fosco, inesorato, acerbo
Stigma de la sventura,

Predestinato del dolor, vivrai,
Sconosciuto dal mondo, a Dio sol noto,
Pensosamente sollevando i rai
Su, ne l'immenso ignoto:

E, solo, errante, macero, fremendo
D'inconscio sdegno fra le vesti grame,
A quell'ignoto chiederai l'orrendo
Perchè de la tua fame.

Pur, qual vergine palma infra i deserti,
Qual fior che, sôrto da silvestri dumi.
Soavemente innalza ai cieli aperti
Aerei profumi

Tu, d'abbandono e di dolor nudrito,
Tu, condannato da la sorte rea,
Lo spirto librerai nell'infinito
Su l'ali dell'idea.

Tu poeta sarai! Come invadente
Luce d'incendio nel silenzio nero,
Splendida sorgerà ne la tua mente
La fiamma del pensiero;

Poichè, se riso di beltà non resta,
Se tutto al suolo le sue spoglie rende,
Sola del Genio la possanza mesta
Fra le procelle splende.

Tu poeta sarai—coi gravi incanti
De la schietta, virile arpa sovrana,
Evocherai le veglie e i lunghi pianti
De l'infanzia lontana;

E gli schianti ribelli, e l'impossente
Tua giovinezza, e la miseria atroce
E la secreta nostalgia struggente
De la materna voce:

E qual fiero singulto, o qual lamento
D'onda che al lido querula si frange,
D'un popol tutto il doloroso accento
Che s'affatica e piange.

Te, poeta dei miseri, vissuti
Oscuramente col destino in guerra,
Dei martiri, dei prodi e dei caduti
Saluterà la terra:

Tutto un mondo che passa e soffre e tace,
Tutto un mondo di laceri e d'affranti,
Di suprema rivolta un grido audace
Avrà dentro i tuoi canti:

Per te, sôrto dal nulla a la vittoria,
Della lotta su l'erta aspra e fatale,
Innamorata serberà la Gloria
Il suo bacio immortale.

LARGO!

Largo!... Da le sonore vôlte de l'officine,
Dai rilucenti aratri, de l'orride fucine
Da gl'infernali ardor,
Dagli antri dove un popolo tesse, martella e crea,
Da le miniere sorgo—e, libera plebea,
Sciolgo un inno al lavor.

Largo!... Dai boschi pieni di nidi e di bisbigli,
Dai cespugli di mirto, dai freschi nascondigli.
Dal fecondato suol,
Da l'acque azzurre dove il mite alcion sorvola
Cinta di fiori sorgo—e, balda campagnola,
Sciolgo un peana al sol.

Chi arresta la corrente nel suo corso sfrenato,
Chi ferma a vol l'allodola sciolta pel ciel rosato,
Chi il già partito stral?
Il torrente che scroscia, la freccia scintillante,
L'augel canoro io sono; or rondine vagante,
Or gufo sepolcral!

Arte, per te combatto:—avvenire, t'attendo.
E il rigoglio d'affetti che, qual vampa fervendo,
M'arde la mente e il cor,
Ne la gemmata veste de la strofe volante,
Io getto al mondo e al cielo, qual fascio rutilante
                              Di fulmini e di fior!...